Mark Sarg

Die perfekte Leiche

Mark Sarg

Die perfekte Leiche

Bizarre Kurzgeschichten

Goldene Rakete Verlag für Belletristik

Imprint

Cover image: www.ingimage.com

Publisher:
Goldene Rakete Verlag für Belletristik
is a trademark of
International Book Market Service Ltd., member of OmniScriptum Publishing Group
17 Meldrum Street, Beau Bassin 71504, Mauritius

Printed at: see last page
ISBN: 978-620-2-44544-3

INHALTSVERZEICHNIS

DER PAPST IM WESPENNEST

Um im Zuge seiner „biblischen Welterfahrung“ auch herauszufinden, wie man sich fühlt, wenn man in einem (heiligen) Wespennest schläft, beschritt Papst Maisschädel der Praktische den für ihn wohl kürzesten Weg:

Er benutzte einfach das Bett seines mächtigsten und gefürchtetsten Kardinals Figurino Figuratti – den er vorher freilich zum Teufel jagte.

Da ihn dieser aber postwendend wieder retournierte, war es dem Heiligen Vater leider nicht sehr ***lange*** vergönnt, seine Empfindungen „auszukosten“ ...

DIE WALLFAHRT NACH PARIS

Die Zöglinge eines malerischen Bergfriedhofs führten untereinander eine Fragebogenaktion durch, um herauszufinden, wie die „Todesqualität" noch weiter zu verbessern sei. Das Ergebnis brachte zwei Hauptbeschwerdepunkte:

1.) Die starren Öffnungszeiten des Friedhofs: Nach Wunsch wollte man auch abends oder nachts Besuche empfangen dürfen. („Wir sind schließlich keine Kinder mehr!")

2.) wollte man überdies den Kontakt zu Gästen ***dadurch*** intensivieren und herzhafter gestalten, dass man nicht nur nächtens, wenn ohnehin keiner da war, sondern vor allem auch am helllichten ***Tage*** herumgeistern durfte.

Von der Doyenne der Leichen, Gräfin Keffy Rosentödt, wurde dem Friedhof das Umfrageresultat feierlich überreicht. Der zeigte sich freilich nicht im Geringsten beeindruckt: „Ich habe kein Verständnis für derlei Eskapaden. Ich bin ein ***Berg***friedhof und bei mir herrscht Zucht und Ordnung! – Wenn euch das nicht passt, fahrt nach ***Paris*** meinetwegen!"

In einer daraufhin einberufenen Leichenversammlung beschloss man, letzteren Vorschlag wörtlich zu nehmen, und eine Spendenkampagne für eine Gruppenreise nach Paris ins „Leben" zu rufen.

An den markantesten Punkten des Friedhofs und vor allem in der Kapelle stellte man entsprechende Behälter auf, die allerdings über Vorschlag der raffinierten Gräfin mit dem Hinweis „Für eine ***Wallfahrt*** nach Paris“ versehen wurden.

Und dieser kleine Unterschied verfehlte seine Wirkung nicht. Die Leute ***fragten*** erst gar nicht, sondern zückten ihre Börsen willfährigst und mit Begeisterung.

Als die mit der Verwaltung der Spenden betraute Gräfin deren Ausmaß erkannte, konnte sie der Versuchung nicht widerstehen: Sie unterschlug das Geld, schnappte sich eine knackige Soldatenleiche, der nur leider der halbe Kopf fehlte, und fuhr mit dieser allein nach Paris.

Von den beiden hat man nie mehr etwas gehört.

DAS AUSHÄNGESCHILD DES TEUFELS

Als vielbewundertes und angebetetes Aushängeschild der katholischen Kirche ist der Papst ja hinlänglich bekannt.

In wohlinformierten und aufgeklärten Kreisen hat man ihn aber darüber hinaus längst auch schon als hervorragendes, weil „völlig unverdächtiges und unfehlbares" Aushängeschild des ***Teufels*** identifiziert ...

DIE VORAUSSCHAUENDE NONNE

Schwester Elsgard Rosenhirn trug immer einen Regenschirm, wenn die Sonne schien – denn schließlich konnte es nicht ausbleiben, dass es irgendwann wieder einmal zu regnen anfing.

Aber wenn es dann regnete, trug sie einen Sonnenschirm – denn nun wusste sie, dass bald die Sonne wieder scheinen würde.

Und in tiefer Ergriffenheit stellte sie am Ende ihres Lebens fest, wie ***sehr*** sie doch jedes Mal recht hatte.

Und dies war ausschließlich der schützenden Beschirmung des ***Herrn*** zu danken!

DIE BERUHIGTE LEICHE

„Ja, nur ***so*** kann eine Leiche aussehen!“, erkannte Madame Bernadette Papststrumpf spontan, als sie erstmals in den Gruftspiegel blickte.

Und beruhigt legte sie sich wieder in den Sarg.

DER PAPST ALS PFANNKUCHEN

„Weil er einfach gar so himmlisch schmeckt“, drängte es Papst Schnauzlmeyer den Rührigen, sich auch einmal selbst als Pfannkuchen zu versuchen, um vielleicht dieserart dessen „göttliches Geheimnis“ zu entschlüsseln.

Aber im Übereifer und „weil's gar so schön war“ schmorte er sich viel zu lange, sodass er halb verkohlt war hinterher. „Wenn man ohnehin schon päpstlich ist, sollte man sich eben wirklich göttlich ***genug*** sein!“

Um diese wichtige Erkenntnis reifer, bekreuzigte er sich zufrieden, verrichtete ein Dankgebet an sich selber – und fraß sich auch so mit dem allergrößten Vergnügen.

Ohne dabei allerdings sein „Geheimnis“ zu ergründen.

DER PAPST ALS GRAMMELKNÖDEL

Um sich durch seine Leidenschaft für Grammelknödel (mit Sauerkraut), der er leider nur allzu oft und gerne nachgab, nicht dem Verdachte der Völlerei auszusetzen, wählte Papst Grammelinius der Runde einen „Königsweg“:

Von Zeit zu Zeit verwandelte er sich selber in einen, besonders **hübschen** Knödel – damit er wenigstens an diesen Tagen dann quasi für sich unantastbar, und mithin enthaltsam war.

Doch steigerte dies letztlich auch sein Verlangen nach sich ***selbst*** in diesem Zustand, bis dieses übermächtig wurde und seine ***Gier*** obsiegte:

Er bat sich reuig um Vergebung, segnete sich – und verschlang sich selbst mit ganz **speziellem** Hochgenuss und ***aller***größtem Appetite, und gänzlich ***ohne*** Sauerkraut!

DER PAPST ALS TOPFENKNÖDEL

Seinem Vorgänger, der sich als Grammelknödel vor lauter Leidenschaft glatt selbst verzehrte, trachtete es Papst Flopslmeyer der Unentwegte unter gar keinen Umständen gleichzutun.

Er sorgte schon dafür, dass er immer etwas ***ranzig*** schmeckte, wenn er sich in der Gestalt ***seines*** Leibgerichts, als Topfenknödel erging. So fiel ihm die heilige Rückverwandlung jeweils nicht schwer und er konnte ohne allzu große Mühe derartigen Verlockungen widerstehen.

Gleichwohl fand man mit allgemeinem Unbehagen, dass er im Lauf der Zeit auch als ***Person*** immer ein wenig ranziger wurde.

Da dies aber unter Päpsten durchaus nicht ungewöhnlich ist, nahm letztlich niemand ernsthaft daran Anstoß ...

DER BEGEHRTE JUNGGESELLE

Ein Junggeselle war so begehrt von jedermann, dass er gar nicht alt werden musste.

Eines Abends lauerte ihm jemand auf, narkotisierte ihn und vergrub ihn heimlich bei sich im Garten.

DER VERLORENE ARM

Sir Edelhirsch Lobster fand auf der Straße einen Arm. Er wollte ihn aufheben, um ihn im Fundbüro abzugeben, da merkte er, dass ihm selbst der linke Arm fehlte und es sich um **ebendiesen** handelte.

„Merkwürdig. Wann habe ich denn ***den*** verloren?“, wunderte er sich.

„Einerlei; Hauptsache, ich ***habe*** ihn wieder! – Gut, dass ich nicht auf dem Fundbüro war. Die hätten mich dort glatt für verrückt gehalten!“

DER PAPST ALS SPANFERKEL

Als heiliges Spanferkel, knusprig und lecker gebraten wie sein eigenes ehemaliges Leibgericht – so gedachte sich Papst Hirschkopf der Edle später auch dem Herrscher aufzutischen zum vollendeten Genuss.

Dazu gekommen ist es dann freilich aus zweierlei Gründen nicht:

Erstens verspeist der Allmächtige bekanntlich gottlob seine eigenen Geschöpfe nicht – und zweitens, ebenfalls kaum überraschend, landete der Papst natürlich in der Hölle.

Und dort wurde er selbstverständlich gleich wie er ***war***, ohne weitere Veredelung, gebraten und tranchiert ...

DER PAPST ALS MOZARTKUGEL

Als Beitrag des Heiligen Stuhls zu einem Mozartjubiläum konnte Papst Winterspeck III. einfach nicht widerstehen, sich in eine besonders köstliche und prächtige Mozartkugel zu verwandeln – die prompt sein Sekretär noch vor dem öffentlichen Auftritt mit Hochgenuss vernaschte.

Da der Papst aber bekanntermaßen nicht umzubringen ist, kehrte er sogleich wieder – und diesmal gar, animiert durch sein beglückendes „Erfolgserlebnis“, als ***Papst***kugel.

Doch wurde er nunmehr zu seinem Erstaunen, trotz allerheiligster Zutaten, vom Sekretär kalt **verschmäht** – und selbst Bischöfe und Kardinäle zeigten nicht das geringste kulinarische Interesse an ihm.

Was ihn zähneknirschend in die schmerzhafte Erkenntnis zwang, dass eben doch die ***Musik*** die vorzüglichere Religion sei ...

DER PAPST ALS KANONENKUGEL

Sich unter Pauken und Trompeten als heilige Kugel aus einer vom Schöpfer geweihten Kanone direkt in den Äther zu katapultieren – dermaßen glanzvoll und spektakulär stellte sich Papst Martialicus der Wilde dereinst seine Auferstehung vor.

Nur – als dann der „Jüngste Tag“ endlich gekommen war, hätte man, wenn überhaupt, vergeblich nach ihm gesucht.

Denn da konnte er sich schon längst ***selbst*** nicht mehr finden ...

DIE BELEIDIGTE GANS

Zwei Geister tanzten einen Bach entlang, als sie der Gans Schelmina von Bräu begegneten.

Diese, ein weithin bekanntes Medium, sagte den beiden auf die Köpfe zu, dass sie ***Geister*** seien. Woraufhin jene ***ihr*** auf den Kopf zusagten, dass sie eine ***Gans*** sei.

Da schwamm sie beleidigt davon!

DER GRAUE HUT

Ein grauer Hut gewann den 1. Preis in einem Schönheitswettbewerb.

Nun ließ er sich einen stattlichen Bart wachsen, was er sich bisher streng versagte, und beauftragte den teuersten Coiffeur der Stadt, diesen rot zu färben.

Und mit dem verbleibenden Erlös des Preises trat er, versehen mit einer modischen Sonnenbrille, die Reise nach Brasilien an, damit sein grauer Alltag dort ***hoffentlich*** ein Ende fände!

DIE WC-FAMILIE

Ein WC-PAPA (Abkürzung für WC-Papier-Automat) fragte eine WC-MAMA (Toilettenfrau): „Wo bleiben unsere Kinder?“

„Soeben eingetroffen!“, strahlte die Mama und brachte einige Rollen WC-Papier herein.

Da war das Familienglück wieder vollkommen!

DER SPATZ UND DER DOLMETSCH

Ein Spatz bat einen Dolmetsch, seinen Gesang ins Französische zu übersetzen.

„Bonjour!“, trällerte der geziert, „Macht 10 Francs, bitte“, und hielt die Hand auf. Vorsorglich hatte der Spatz von seiner Bank 20 Francs eingewechselt und gab ihm widerstrebend die Hälfte, pfiff ihm aber nach, als er wegging.

Worauf der Dolmetsch zurückkam, betont geziert „Bonsoir!“ trällerte, „Noch einmal 10 Francs, bitte“, und erneut die Hand aufhielt.

Da machte ihm der Spatz auf den Kopf, zwitscherte „Bonne nuit!“ und flog ohne weitere Bezahlung davon.

DIE ZUFRIEDENE WASSERLEICHE

Erwartungsvoll zog Herr Krautschelm Nacktpapst die Angel aus dem Fluss – um zu seiner ungemeinen Verblüffung eine heftig zappelnde Leiche daran vorzufinden.

„Wie kann man bloß als Leiche derart zappeln!?“, staunte er. „Stellen Sie keine albernen Fragen und lassen Sie mich sofort wieder hinunter!“, herrschte ihn diese hingegen an, „Ich bin eine ***Wasser***leiche und wünsche dies auch zu bleiben bis ans Ende meiner Tage!“

„Aber erlauben Sie mir noch eine Frage, ehe ich Ihrem Wunsche nachkomme“, bat Herr Nacktpapst neugierig. „Wie fühlt man sich in Ihrer Position?“

„Ausgezeichnet soweit – solange einen nicht irgendein dämlicher Fischer aufscheucht. – Und jetzt schwirren Sie schon ab mit Ihrer doofen Leine! Ich verklage Sie sonst glatt wegen Störung der Totenruhe!“

DER PAPST ALS FLIEGENGITTER

Zur möglichst wirksamen Abschirmung gegen bloße Schaulustige, die er gerne als „Fliegen und anderes unchristliches Geschmeiß" zu qualifizieren pflegte, ließ es sich Papst Muckinius der Forsche vor besonders feierlichen Gottesdiensten durchaus nicht nehmen, sich höchstpersönlich vor den Toren des Petersdoms als eine Art heiliges Fliegengitter aufzustellen.

Weil er aber immer strenger in seiner Auslese wurde, war der Dom bald nur mehr von **wirklichen** Fliegen bevölkert. Und da ihm diese durch ihr andächtig-frommes, zugleich aber enthusiastisches Gesumme plötzlich in höchstem Maße betfreudig und christlich erschienen, leistete er ihnen nun Abbitte, indem er ausschließlich für ***sie*** die heiligen Messen zelebrierte – und das menschliche Geschmeiß überhaupt ausgesperrt ließ.

Der mit großem Stolz getragene Titel „Fliegenpapst" wurde ihm übrigens aus unerfindlichen Gründen von der katholischen Geschichtsschreibung glatt wieder „aberkannt" ...

DIE FLATTERNDEN LEICHEN

Als Baronin Elise Kauder-Welscher an einem ruhigen, schwülen Sommernachmittag ihr Küchenfenster öffnete, flatterten vom Hof einige Leichen herein.

Sie versuchte diese mit einem Küchentuch zu verscheuchen, doch sie entrissen es ihr, strangulierten sie damit und machten sie zu ihresgleichen:

Die Baronin flattert noch heute in ihrer Küche umher.

DIE SPINNE UND DAS SEKTGLAS

Eine Spinne konnte beim Anblick eines halb gefüllten Sektglases, das von einer abendlichen Party herrührte, nicht widerstehen und tat sich daran ***zu*** sehr gütlich.

Infolgedessen verwechselte sie auf dem Heimweg das Bett der Hausfrau mit ihrem ***Netz*** und torkelte dort dermaßen ungeschickt umher, dass Mrs. Betty Brautschneider erwachte und einen Schrei ausstieß. „Was haben Sie in meinem Netz verloren, Madam?“, lallte die Spinne verwundert, worauf jene noch heftiger aufschrie.

„Alles, was recht ist!“, nahm die Spinne nun ihre ganze Energie zusammen, „Ich ersuche Sie dringend, sich erstens zu mäßigen und zweitens augenblicklich mein Netz zu verlassen!“ Und da sie Anstalten machte, sich auf Mrs. Brautschneiders Brust häuslich einzurichten, kam diese der leicht verdrehten Aufforderung nur zu gerne nach und sprang schleunigst aus dem Bett.

Ratlos wartete sie, bis die Spinne eingeschlafen war. „Na warte!“, dachte sie dann und begab sich auf die Suche nach ihrem Netz – welches sie schließlich unter einem Wohnzimmerschrank fand.

„Was ***du*** kannst, kann ***ich*** auch!“, rief sie mit boshaftem Lächeln – und legte sich hinein, um ***dort*** die Nacht zu verbringen.

DAS ALTE TODESURTEIL (1)

„Werde erst einmal so alt wie ***ich***, ***dann*** richte über das Leben anderer!“, unterwies ein ***altes*** Todesurteil ein ***junges***.

„Ich bin wie ich bin!“, meinte dieses nur frech und streckte dem anderen sein Hinterteil entgegen.

Da packte das alte Todesurteil seinen Kollegen und warf ihn auf die Guillotine!

DAS ALTE TODESURTEIL (2)

Eine unerklärliche, verwirrende Entdeckung beim Durchstöbern einer Schreibtischlade versetzte Madame Gorli Deixelhechts Hang zu buchstabengetreuer Ordnung und Korrektheit in arge Bedrängnis:

Ein altes, vergilbtes Todesurteil, das zwar auf ihren Namen, jedoch eine ihr völlig ***unbekannte Adresse*** ausgestellt war!

Allein, die Ungewissheit sollte nicht ***zu*** lange währen. Drei Tage später – zur Hauptverkehrszeit – fiel ihr Kopf aus dem Fenster auf die Straße.

Abgesehen vom verständlichen Entsetzen, das darüber allenthalben ausbrach, war es ***ein*** Phänomen, das vor allem die Augenzeugen und die Kriminalisten in seinen Bann zog und für welches ihnen jegliche Erklärung mangelte: Der lächelnd-bestätigende Gesichtsausdruck auf Madames Haupt!

Dieses Rätsel freilich ***kann*** gelöst werden. War doch ihr Gedanke im Augenblick des Todes der Folgende: „***Eines*** steht jedenfalls fest: Auf meine ***Schreibtischlade*** ist ***Verlass***!“

DAS ALTE TODESURTEIL (3)

Ein altes Todesurteil war schon sehr gebrechlich.

An einer Straßenkreuzung bat es einen jungen Mann, es auf die andere Seite zu geleiten.

„Sie haben die Prüfung bestanden, mein Freund“, verkündete es, drüben angekommen, feierlich. „Ich begnadige Sie zum Leben!“

ZWEI DAMEN IM SARG

Auf einer Grabdurchreise trafen zwei Damen einander in einem Sarg.

Genüsslich tranken sie Kaffee, aßen Madenspeckbrote und bewunderten die unterirdische Aussicht. Bei Einbruch der Dunkelheit kamen sie wieder nach oben.

„Denn eines kann ich auf den ***Tod*** nicht ausstehen:“, versicherte die eine, nachdem sie sich mit einem Kuss von der anderen verabschiedet hatte, „Friedhofsbesuche bei Nacht!“

GRUSS VOM REH

Herr Bonifazius Hutschlecker ging über eine Waldlichtung, als ihm ein Reh entgegenkam.

Dieses überlegte kurz, ob es ***zuerst*** grüßen solle, und entschied sich im Zweifel ***für*** die Höflichkeit. Er erschrak fürchterlich und rannte davon.

„***Wie*** man es macht, ist es ***falsch***!“, sinnierte es, während es ihm kopfschüttelnd nachblickte.

DAS ZUFRIEDENE GRUNZEN

„Mein ganzes, langes Leben habe ich gewartet auf diesen Augenblick! ***Endlich*** ist es jetzt so weit!“, seufzte voll Wonne Baron Honoré de Buckelsfreud kurz vor seiner Beisetzung.

Dabei grunzte er derart ***laut*** vor Zufriedenheit, dass dies mehrere Trauergäste zu vernehmen glaubten.

Als man vorsichtshalber den Sarg öffnete, stellte er sich rasch wieder tot, damit sein Frieden nur ***ja*** nicht gestört würde!

DAS DACHLUDER

Ein Dachluder (ein Unhold mit grünen Dauerwellen und roter Säbelnase, der sich behaglich auf Dächern einrichtet, um von dort mit jauchzendem Gekicher Passanten auf belebten Straßen mit Kotkugeln aus eigener Fabrikation zu bewerfen) fiel bei allzu temperamentvoller Ausübung seines Handwerks 13 Stockwerke hinab.

Da es aber ohne erkennbare Verletzung sofort wieder aufsprang, sich bekreuzigte und weitereilte, hielten die Leute es für einen Heiligen, liefen ihm nach und baten es inständigst, doch für das gerade vakante Papstamt zu kandidieren – wozu es sich nach Rücksprache mit den wichtigsten Kardinälen allergnädigst bereitfand, und erwartungsgemäß die Wahl auch schon im ersten Durchgang haushoch gewann.

Und dass sich unter seiner Regentschaft nicht nur die katholischen ***Dach***luder rapide vermehrten, ist mit Sicherheit ***kein*** bloßes Gerücht – und schon gar kein Geheimnis ...

DAS LACHLUDER

Ein Luder lachte den ganzen Tag lang laut und hysterisch – nicht bloß über seine Dummheit, sondern vor allem auch, weil es die Leute ärgern wollte.

Erst als man ihm von höchster Stelle den „Staatlichen Orden für die konstante Verbreitung von guter Laune“ verlieh, hörte es endlich auf – und begann laut und hysterisch zu ***weinen*** ...

DER PAPST ALS KRÄUTERTEE

In der Reformkostbewegung tummeln sich bekanntlich manch erfrischend kritische Geister – die nicht zuletzt auch mit der katholischen Kirche auf Kriegsfuß stehen.

Und für sie gibt es denn auch, wenn überhaupt, nur ***eine*** vorstellbare Weise, den Papst einigermaßen zu goutieren: als eine Tasse wohlduftenden Kräutertees!

Ob er aber selbst in dieser **verwässerten** Form tatsächlich dann genießbar, und dazu noch wohlriechend wäre, braucht gottlob kaum je nachgeprüft zu werden ...

DER PAPST ALS KRÄUTERFEE

Als quirlige Fee im Garten des Herrn die geeignetsten Heilkräuter zusammensuchend, um renitente Christen nachhaltig zu kurieren. So sah sich Papst Edelsack der Exquisite am liebsten in seinen Wunschträumen.

Gestorben ist er aber dann unerklärlicherweise dennoch als ganz und gar unheilige Kräuter***hexe*** ...

DER PAPST ALS KRÄUTERNIXE

Nixe allein – das konnte bald einer sein. Aber ***Kräuter***nixe – dazu bedurfte es schon wahrhaft päpstlicher Tugenden und Würden!

So ging es Papst Krauthirsch dem Schönen durch den Sinn, während er allzu mechanisch den Rosenkranz betete. Dabei vermochte er nicht einmal zu definieren, ***was*** eine solche „Person" überhaupt sei; es war einfach nur so „über ihn gekommen".

Folglich belegte er sich zur Buße mit einigen weiteren Rosenkränzen, um sich derlei „törichte und müßige Gedankenspielereien" nur ja ein für alle Mal gründlich zu versagen.

Doch da tauchten noch ganz ***andere*** Ideen in seinem „verdammten Schädel" auf ...

SCHNATTERNDE LEICHEN

Zwei Leichen schnatterten um die Wette, wer die Schönere von ihnen sei. Da kam der Gruftmeister herein und fraß sie beide auf.

Mit stolzgeschwellter Brust betrachtete er sich hernach im Spiegel: Nun war ***er*** der Schönste!

DAS LILA UNGEHEUER

Ausgesprochen hinderlich erwies sich frühmorgens ein lila Ungeheuer mit grünem Federhut – indem es aus dem Abfluss des Waschbeckens auftauchte, als Mademoiselle Isabelle Gode-Kerl im Begriff war, ihre Zähne zu putzen.

„Ich bin ***sehr*** in Eile – ich habe einen Termin! Ich bitte Sie – kommen Sie ein ***anderes*** Mal wieder!“, stammelte sie hektisch.

„Wer sagt Ihnen denn, dass ich zu ***Ihnen*** will, Sie eingebildete Person?!“, hielt ihr das Ungeheuer brüsk entgegen, „Ich wollte mir bloß mal rasch Ihre Zahnbürste leihen. Meine habe ich verlegt anscheinend.“ Und es riss ihr diese aus der Hand und verschwand.

„Trotz allem hätte es wenigstens seinen ***Hut*** abnehmen können!“, befand sie konsterniert. „Wenn es mir die Bürste wirklich zurückbringt, werde ich ihm sagen, es kann sie sich ***darauf***stecken!!“

DER MUSIKALISCHE NOTAR

„Eine ***Canzone*** zu Beginn!“, wies ein musikalischer Notar seinen Sekretär an, als ihm dieser morgens eine Tasse Kaffee reichte. Der gab daraufhin ein neapolitanisches Lied zum Besten.

Als er dabei das hohe C zwar lang anhaltend, aber ***falsch*** sang, schüttete ihm der Notar unwirsch den Kaffee in den Rachen.

„Ich ***dulde*** keine falschen Töne in meiner Kanzlei! ***Notieren*** Sie dies, kopieren Sie es dreimal und legen Sie es mir anschließend zur Beglaubigung vor! – Doch zuallererst bringen Sie mir frischen Kaffee!“

DIE NACHTLEICHE

Eine Leiche war prinzipiell nur während der Nachtstunden anzutreffen – da lag sie dann immer brav und bieder im Sarg.

Darüber hinaus freilich ***rätselte*** man stets über ihren Verbleib.

Aber sobald jemand sie bat, ihr Geheimnis doch endlich einmal zu lüften, verhielt sie sich durchaus wie eine herkömmliche „Ganztagsleiche“:

Sie ignorierte ihn kaltschnäuzig und tat einfach, als wäre sie taub!

DER PAPST ALS GRASMÜCKE

„Welch niedliche kleine Grasmücke!“, überschlugen sich die Geschöpfe aus dem Tierreich vor Bewunderung, als sich ihnen ein besonders anmutiges Exemplar schüchtern darbot. Sie ahnten ja zunächst noch nicht, dass es der Heilige Vater war, der sich in dieser Gestalt endlich auch einmal wenigstens bescheidene Anerkennung und Respekt von ***ihrer*** Seite erhoffte.

Als er aber, darauf aufbauend, zu einem beschwörenden „Vater unser“ ansetzte, ergriffen alle schleunigst die Flucht, und bekreuzigten sich dankbar, weil sie gerade noch davongekommen waren.

Gegen den todsichereren Instinkt der Tiere ist man eben letztlich sogar als Papst völlig machtlos ...

DER PAPST ALS SCHWEINEHIRT

Nicht bloß als Schafhirte verstand sich Papst Sanctissimus III., sondern bezog gleich von Anbeginn ausdrücklich auch die christlichen Schweine in seine Obhut ein, da diese mindestens ein ebensolches Anrecht darauf hätten.

Doch brachte die Ausarbeitung der entsprechenden Enzyklika erhebliche Unruhe mit sich, da weder er noch seine Ratgeber auch nur annähernd festzulegen vermochten, ***wer*** alles in dieser Rubrik zu subsumieren sei – weshalb man es schließlich, einerseits um niemanden auszugrenzen, anderseits um gröbere Missverständnisse zu vermeiden, wenigstens offiziell bei der klassischen Definition Seiner Heiligkeit als Schafhirte beließ.

Erstaunlicherweise fühlen sich aber dennoch bis heute gerade die katholischen ***Schweine*** besonders gut vom Heiligen Stuhl vertreten. Was ihnen ihre völlig unschuldigen **tierischen** Kollegen hoffentlich vergeben mögen ...

DAS SINGENDE MONSTER

Eine Sumpfschnepfe nahm Gesangsunterricht bei einer Nachtigall und pflegte sich am Schluss der Stunde mit „Küss die Hand, Madame“ zu verabschieden.

Dies hörte mehrmals ein Mistkäfer der Nachbarschaft und folgerte daraus, dass die Lehrerin – die er nie gesehen hatte – **verunstaltet** sei, weil sie eine ***Hand*** besaß. Worauf er dies umhererzählte, und die Gute rasch als „Singendes Monster“ verschrien war.

Als ihr das zu Ohren kam und sie erfuhr, wer der Urheber war, ***stellte*** sie diesen und wies ihn zurecht: „Wenn Er dieses dumme Gerede nicht ***bald*** beendet, wird mir noch die ‚Hand‘ ausrutschen!“ Da sah er zu seiner Erleichterung, dass sie eine solche gar nicht hatte.

„Singendes Monster ohne Hand“ – war daher forthin der Titel Madames.

DIE PERFEKTE LEICHE

Eine Leiche war so perfekt das, was sie war, dass man von staatlicher Seite beschloss, sie dafür auszuzeichnen.

Just am Tage der Preisverleihung verfiel sie aber ein Stück ***mehr***, sodass man erkennen musste, dass sie letztlich doch noch nicht vollkommen gewesen war.

Mit dem formellen Ausdruck des Bedauerns und der Bitte, den Fehler freundlichst entschuldigen zu wollen, zog man daher den Preis wieder zurück.

„Macht nix, nobody is perfect!“, meinte die Leiche verständnisvoll.

Da beeilte man sich, ihr einen ***Trost***preis als „***Sprechende*** Leiche“ zuzuerkennen.

DIE FRATZE IM MONDLICHT

Nachts abrupt erwachend und zum Fenster blickend, sah Mrs. Bolivia Greenmohn ein von außen an die Scheibe gepresstes, grauenhaft zerschnittenes Gesicht, in dem unzählige Glasscherben steckten, die im Mondlicht funkelten.

Angewidert drehte sie sich zur Seite und schlief weiter.

Printed by Books on Demand GmbH, Norderstedt / Germany